Cinco razones por las que te encantará Isadora Moon:

¡Conocerás a la vamp-tástica, encant-hadora Isadora!

Su peluche, Pinky, ¡ha cobrado vida por arte de magia!

¿Has intentado hacer ballet alguna vez?

¡Tiene una familia muy loca!

Te hechizarán sus ilustraciones en rosa y negro

¿Cómo te sientes cuando bailas?

Siento que encuentro mi ritmo.
(Frankie)

Tengo timidez, pero
también alegría.
(Mae)

Cuando salto es como
si volara.
(Sammy)

Me siento feliz
y tranquila.
(Harriet)

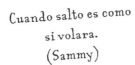

Un poco mareado cuando
doy vueltas.
(Charlie)

Muy animado
y con un cosquilleo que
me recorre por dentro.
(Riley)

Mi familia

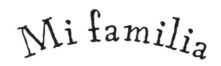

Mi madre,
la condesa Cordelia
Moon

Bebé Flor de Miel

Mi padre,
el conde Bartolomeo
Moon

¡Yo!
Isadora Moon

Pinky

¡Para los vampiros, hadas y humanos de todas partes!
Y para Nicola, a quien le encanta el ballet.

Primera edición: abril de 2017
Decimotercera reimpresión: marzo de 2019
Título original: *Isadora Moon Goes to the Ballet*

Publicado originalmente en inglés en 2016.
Edición en castellano publicada por acuerdo con Oxford University Press.
© 2016, Harriet Muncaster
© 2016, Harriet Muncaster, por las ilustraciones
© 2017, Penguin Random House Grupo Editorial, S.A.U.
Travessera de Gràcia, 47-49. 08021 Barcelona
© 2017, Vanesa Pérez-Sauquillo, por la traducción

Printed in Spain – Impreso en España

ISBN: 978-84-204-8584-3
Depósito legal: B-4.878-2017

Compuesto por Javier Barbado
Impreso en Limpergraf, Barberà del Vallès (Barcelona)

AL 8 5 8 4 3

Penguin
Random House
Grupo Editorial

ISADORA · MOON

va al ballet

Harriet Muncaster

ALFAGUARA

Capítulo UNO

Isadora Moon: ¡esa soy yo! Y este es Pinky.
Es mi mejor amigo. Lo hacemos todo juntos.
Algunas de nuestras cosas favoritas son:
volar entre las estrellas por el cielo nocturno,
preparar meriendas con purpurina en mi
juego de té de murciélagos
y ensayar nuestro ballet.

Últimamente hemos estado ensayándolo mucho y haciendo representaciones para mamá y papá. ¡He descubierto que la capa de vampiro de papá es un buen telón! Queda especialmente bien con estrellitas plateadas pegadas con pegamento…, aunque creo que papá no está de acuerdo. Parecía un poco enfadado la última vez que vio su mejor capa convertida en telón.

—¡Está cubierta de estrellas! —protestó—. No soy un mago, ¡soy un vampiro! Los vampiros no tienen capas estrelladas.

Me sentí un poco mal, pero luego todo se arregló, porque mamá hizo un gesto con la varita y las estrellas desaparecieron. Puede hacer cosas así porque es un hada. Fue ella la que hizo que mi peluche Pinky cobrara vida.

—¡Ya está como nueva! —dijo sentándose en una de las sillas que Pinky y yo habíamos preparado para el público.

Papá también se sentó con Flor de Miel, mi hermanita bebé, en el regazo, y los tres esperaron a que empezara la función.

—Bueno —le dije a Pinky en voz baja, detrás de nuestro telón sin estrellas—. ¿Recuerdas los pasos?

Pinky asintió e hizo un *arabesque* perfecto. Se está convirtiendo en un gran bailarín. Le di el visto bueno levantando el pulgar.

—¡Vamos! —susurré.

Salimos de detrás del telón dando un salto en un magnífico *grand jeté*. Mamá y papá nos aclamaron y aplaudieron. Pinky empezó a hacer piruetas de puntillas. Yo di giros y vueltas con mi brillante tutú negro.

—¡Espectacular! —exclamó papá.

—¡Encantador! —dijo mamá, y entonces sacudió su varita

para que cayera sobre nosotros una
lluvia de pétalos rosas.

Al final del espectáculo hice una profunda reverencia, Pinky inclinó la cabeza, y mamá y papá nos vitorearon más todavía. Hasta Flor de Miel nos aplaudió con sus manitas regordetas.

—¡Ha sido realmente maravilloso! —dijo mamá—. ¡Y muy profesional!

Pinky parecía muy orgulloso e infló el pecho, adornado con su elegante chaleco de rayas.

—¡Un día seréis primeros bailarines de un teatro! —dijo papá.

—¡Eso espero! —asentí yo mientras cruzábamos la habitación de puntillas elegantemente, y seguíamos a mamá y papá escaleras abajo hasta la cocina para tomar el desayuno. Eran las ocho de la noche, pero en casa siempre tomamos dos desayunos: uno por la mañana y otro por la noche. Lo hacemos así porque papá duerme durante el día. Toma su desayuno por la noche antes de emprender su vuelo nocturno.

—¡Quiero ser igual que Tatiana Tutú! —dije mientras untaba mi tostada. Tatiana Tutú es mi bailarina favorita de todos los tiempos.

Nunca la he visto en persona, pero no me lo pierdo cuando sale en televisión, y tengo un cuaderno especial lleno de fotos de ella. Recorto las fotos de las revistas y las decoro con estrellas de lentejuelas y brillantina plateada.

También tengo un gran póster de
Tatiana Tutú en la pared de mi cuarto.
En él lleva un brillante tutú negro y su
famosa tiara con estrellas de diamantes.
Su tutú negro es exactamente igual que
el que podría llevar un hada vampiro.
¡Es igualito que el mío!

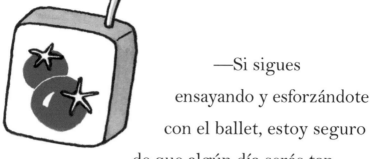

—Si sigues ensayando y esforzándote con el ballet, estoy seguro de que algún día serás tan buena como Tatiana Tutú —dijo papá sonriendo y sirviéndose un vaso de su zumo rojo. Papá solo bebe zumo rojo. Cosas de vampiros.

—Sí —dijo mamá—. ¡Continúa practicando y a lo mejor un día iremos a veros a ti y a Pinky en un teatro de verdad!

Pinky se puso a dar saltos. Lo que más desea en el mundo es bailar en un escenario real. ¡Tiene más ganas que yo!

Al día siguiente, en el colegio, les conté a mis amigos la representación de ballet que habíamos hecho Pinky y yo para mis padres.

—¡Qué divertido! —dijo Zoe—. ¿Puedo ir a tu casa para que lo hagamos otra vez todos juntos? ¡Podría ponerme mi tutú rosa y ser el Hada de Azúcar de *El Cascanueces*!

—¡Yo llevaría mi tutú blanco y sería un copo de nieve que baila! —dijo Samantha, con expresión soñadora.

—¡Yo seré el héroe de la obra! —dijo Oliver, animándose a participar—. ¡Llevaré un antifaz y mi capa negra!

—Podría haber un descanso para picar algo —sugirió Bruno—. Podríamos repartir galletas al público.

—O helado —añadió Sashi—. Eso es lo que se debería tomar en el intermedio de la función.

—¡Me encanta el helado! —chilló Zoe.

Justo entonces, la señorita Guinda
entró en la clase. La señorita Guinda es
nuestra profesora del colegio para
humanos, y es muy buena. No le importa
que yo sea un hada vampiro, me trata igual
que a los demás.

—¡Buenos días a todos! —dijo,
sonriendo a toda la clase—. Hoy tengo
una noticia muy emocionante que daros
—empezó a repartir cartas, una para cada uno.

—Vamos a hacer una excursión —dijo—, ¡para ver un espectáculo!

—¡Un espectáculo! —exclamó Zoe—. ¡Justo estábamos hablando de montar uno de mentira!

—Pues ahora tenéis la oportunidad de ver uno de verdad —dijo la señorita Guinda—. ¡Vamos a ver el ballet de *Alicia en el País de las Maravillas*!

Sentí que el corazón se me aceleraba. ¡Un ballet! ¡Íbamos a ir a ver un ballet de verdad!

—Tenéis que llevar a casa esta carta para que vuestros padres la firmen —dijo la señorita Guinda—. Y también necesitamos que algunos padres se ofrezcan voluntarios para ayudarnos en la excursión.

—¿Habrá galletas en el intermedio? —dijo Bruno en voz alta.

—Supongo que habrá helado —respondió la señorita Guinda.

—Te lo dije —susurró Sashi.

—Una bailarina bastante famosa hará el papel del Conejo Blanco —continuó la profesora—. Si os gusta el ballet, habréis oído hablar de ella. Se llama Tatiana Tutú.

—¡Tatiana Tutú! —grité, saltando de la silla.

Tatiana Tutú

La clase entera se volvió hacia mí.

—Sí —dijo la señorita Guinda—.
Está claro que tú sabes quién es, Isadora.

—Sí, lo sé —dije en voz baja,
dándome cuenta repentinamente de que
todos clavaban en mí la mirada. Me senté
con rapidez, sintiendo que la cara se me
ponía rosa de vergüenza.

Pinky no parecía nada avergonzado. Dio un saltito y meneó las orejas. No podía disimular la emoción de que Tatiana Tutú fuera a hacer el papel del CONEJO.

En cuanto llegué a casa le enseñé la carta a mamá.

—¡Tienes que firmarla! —dije—. ¡Rápido! Si no, no puedo ir.

—Espera un momento —dijo mamá—. Déjame que la lea bien, Isadora. Dice aquí que necesitan padres voluntarios para la excursión.

—Sí —asentí, empezando a preocuparme—, pero papá y tú no.

—¿Y por qué no? —preguntó mamá—. ¡Podríamos ofrecernos de

voluntarios! Sería muy bueno para nosotros involucrarnos un poco en las actividades de tu colegio.

—Es durante el día —dije—. Papá estará durmiendo.

—Es verdad —dijo mamá—. ¡Qué pena!

A mí no me daba ninguna pena, de hecho, sentí bastante alivio. Pero cuando papá bajó a desayunar esa noche parecía muy interesado en la excursión.

—¡Seré voluntario! —dijo con entusiasmo—. ¡Haré una excepción! ¡Pásame el bolígrafo!

Lo escondí a mi espalda.

—De verdad, no hace falta que vengáis los dos… —empecé a decir.

Pero mamá apareció volando de pronto y marcó mágicamente con su varita la casilla de «voluntarios».

—¡Qué emocionante! —exclamó.

Capítulo
DOS

La mañana de la excursión me desperté
temprano, pero no tanto como Pinky.
Él ya estaba dando saltos por la habitación
y ensayando sus *pliés* y piruetas cuando
abrí los ojos.

—¡Ha llegado por fin el día en el
que vamos a ver a Tatiana Tutú! —grité

emocionada, saltando de la cama
para empezar a vestirme.

Me puse mi traje más elegante y
después saqué el chalequito de Pinky.

—Tienes que ponerte esto —le dije—.
Es importante ir bien vestido al ballet.

Pinky me dejó que le pusiera el
chaleco y después bajamos volando por las
escaleras para desayunar.

—¡Buenos días! —dijo mamá, que
ya estaba levantada y dándole a mi
hermanita su biberón de leche rosa—. Voy
a dejar a Flor de Miel en la guardería
dentro de un minuto —añadió—. Me
encontraré con papá y contigo en el colegio.
Puedes ir andando con él hasta allí.

—Vale —dije mientras empezaba a tomarme el desayuno.

Contemplé a mamá revoloteando por la cocina y guardando todas las cosas del bebé en una bolsa. Después fue al vestíbulo y metió a Flor de Miel en su carrito.

—¡Hasta luego, Isadora! —gritó al salir de casa.

Seguí sentada a la mesa, tomándome el desayuno. Todo estaba muy silencioso sin mamá y Flor de Miel.

—Espero que papá baje pronto —le dije a Pinky. Sacudió la nariz con preocupación.

Pero papá no aparecía. Se me ocurrió una terrible idea.

—Espero que no se haya quedado dormido —dije—. ¡Es casi la hora de salir!

Juntos, bajamos de la mesa de un salto y subimos volando las escaleras. Llamé con fuerza a la puerta del dormitorio de mamá y papá. No hubo respuesta. Solo se oían ronquidos.

—Ay, ay, ay… —dije en voz baja, empujando la puerta.

Papá estaba tumbado en la cama con su antifaz para dormir y todas las cortinas cerradas. Estaba completamente dormido.

—¡Papá! —grité horrorizada—.
¡Despierta! ¡Tenemos que salir ya para
la excursión del cole!

—¿Qué…? —se despertó de golpe
y se sentó, tieso, en la cama. Se quitó el
antifaz y miró a su alrededor como un loco.

—¡La excursión del cole! —dije—.
¡Es hoy!

—¡Oh, no! —gimió papá apenado—.
¡Me he quedado dormido!

—No pasa nada —dije—. Si estás
preparado en cinco minutos, todavía
llegaremos a tiempo.

—¡Cinco minutos! —repitió,
espantado—. ¡No puedo estar listo en
cinco minutos! ¡Tardo media hora solo
en arreglarme el pelo!

Suspiré. Los vampiros son muy
tiquismiquis con su aspecto físico. Siempre
quieren estar perfectamente acicalados
y peinados.

—Pues no podemos llegar tarde y
hacer que todos nos esperen —le dije con
dureza.

Pinky y yo volvimos a bajar las escaleras y me puse mi capa más elegante.

Esperamos junto a la puerta durante cinco minutos, pero papá no apareció.

—¡Papá! —grité—. ¡Nos tenemos que ir!

—De acuerdo, de acuerdo, ya voy —refunfuñó, apareciendo en lo alto de las escaleras.

No se parecía nada a mi papá. Su pelo apuntaba a todas direcciones y llevaba unos calcetines muy raros.

—¡Hay que ver! —se quejó mientras bajaba los escalones—. ¡Menudas horas para estar despierto!

Abrí la puerta principal y los tres salimos
al aire helado. Recorrimos juntos el sendero
del jardín, cruzamos la verja y bajamos la calle
que lleva al colegio. No podíamos ir muy
rápido, porque papá se iba parando a mirarse
en las ventanillas de los coches.

—Solo tengo que peinar este
mechoncito de aquí —explicaba—,
y este de allá…

Al final, un hombre enfadado bajó la ventanilla del coche y le gritó que dejara de mirarle. Papá dio un salto hacia atrás del susto.

—Mejor esperaré hasta que lleguemos al colegio —dijo, guardando su peine.

Mamá ya estaba allí cuando llegamos. Llevaba puesto un llamativo chaleco rosa reflectante. La señorita Guinda estaba ocupada marcando los nombres de los alumnos en una lista.

—¡Espléndido! —dijo, sonriendo a la clase entera—. ¡Ya estamos todos aquí! —rebuscó en su bolsa de profesora y sacó otro chaleco rosa reflectante. Se lo dio a papá.

—Tiene que llevarlo, señor Moon
—dijo—. Es para que los niños puedan ver
dónde está usted en todo momento. Por
motivos de seguridad y salud.

Papá parecía espeluznado.

—No puedo llevar eso —protestó—.
¡No pega con mi modelo!

—No seas tonto —le susurró
mamá—. Venga, póntelo.

Papá se puso el chaleco, pero no
parecía estar muy contento.

—Estoy ridículo —se quejó—. Muy
antivampírico.

La señorita Guinda dejó su carpeta
y dio unas cuantas palmadas para pedir
silencio.

—¿Estáis todos preparados?
—preguntó—. ¡Es la hora de irnos!

Todos empezamos a seguirla hacia la puerta, pero me di cuenta de que papá iba en sentido opuesto.

—Tengo que terminar de arreglarme el pelo —explicó—. Seguid sin mí. ¡Os alcanzaré! ¡No tardaré ni un minuto!

Se perdió camino del cuarto de baño mientras todos los demás seguíamos a la señorita Guinda fuera del colegio hacia la estación de tren, en medio de la ciudad. Estábamos muy animados y no parábamos de hablar. Yo estaba especialmente nerviosa porque era la primera vez que montaba en tren.

—¡No puedo creer que nunca hayas montado en tren! —dijo Zoe, que caminaba a mi lado y agarraba a Pinky por la otra pata—. ¡Todo el mundo lo ha hecho!

—Yo no —le dije—. Mi familia suele ir volando a todas partes.

La estación de tren era grande, gris y ruidosa. Los trenes parecían orugas gigantes de metal que se arrastraban por las vías. Mamá no parecía demasiado contenta y sus alas de hada decayeron un poco.

—¿Dónde están las flores? —preguntó—. ¿Dónde están los bosques? ¿Dónde está la preciosa naturaleza?

Apuntó con la varita a un par de cestas vacías y grises que había enganchadas a la pared de la estación. Inmediatamente brotaron de ellas alegres flores rosas, que rebosaron cayendo en cascadas por los laterales.

—Ahora está mucho mejor —dijo mamá, sonriendo.

Hizo otro gesto con la varita y esta vez empezó a crecer hierba por todo el andén.

—¡Pero bueno! —gritó un revisor de tren, encaminándose hacia nosotros y sacudiendo su máquina de billetes—. ¿Qué está haciendo usted?

—Estaba… —empezó a decir mamá, pero sus palabras se ahogaron en el ruido del tren que paró junto a nosotros.

—¡Vamos, todos, rápido! —gritó la señorita Guinda, haciéndonos entrar apresuradamente dentro del vagón. Apretó el botón para cerrar la puerta antes de que el revisor pudiera alcanzarnos.

Zoe me llevó de la mano a un par de asientos y nos sentamos cuando el tren empezaba a salir de la estación. Sentí un cosquilleo de la emoción de estar dentro de aquel enorme y tintineante vagón de metal. Pinky y yo miramos por la ventanilla y contemplamos cómo las casas y los árboles pasaban a la velocidad del rayo.

—¡Es casi como volar! —le dije a Zoe.

Mientras charlábamos y mirábamos
el paisaje, la señorita Guinda recorría una
y otra vez el vagón marcando nuestros
nombres otra vez en su lista.

—Solo estoy comprobando que estamos todos a bordo del tren —dijo.

Estábamos todos. Excepto mi padre.

—Vaya —le dije a Zoe—. Creía que papá se habría reunido ya con nosotros. Supongo que no vendrá, después de todo.

Justo entonces, Pinky empezó a moverse nervioso en mi regazo, señalando por la ventanilla con su pata. Había visto algo en el cielo.

—¿Qué pasa, Pinky? —le pregunté—. ¿Qué ves?

Levantamos la mirada hacia el cielo y aguzamos la vista.

—Es un pájaro —dijo Jasper—. Un gran pájaro negro con la tripa de color rosa fuerte.

—Hum… —dije, esforzándome un poco más—. Creo que no es un pájaro… Creo que…

—¡Es tu papá! —gritó Zoe—. ¡Tu papá, que viene volando!

Contemplamos cómo papá se acercaba planeando, con la capa de vampiro ondeando a su espalda. Los vampiros pueden volar muy rápido, y enseguida estaba ya paralelo al tren, sonriéndonos por la ventanilla.

—¡Es el papá de Isadora!
—exclamaron los niños de la clase,
poniéndose de pie en el vagón y
señalándolo con el dedo—. ¡Mirad!

—¡Gracias a las hadas del azúcar!
—suspiró mamá con alivio.

—¡Madre mía! —dijo la señorita Guinda, llevándose las manos a la cabeza—. ¡Qué peligroso es eso!

—No se preocupe —dijo mamá, inclinándose hacia ella y dándole unas palmaditas en la pierna para tranquilizarla—. Mi marido es muy buen volador.

Papá siguió volando junto al tren hasta que paramos en la siguiente estación. Entonces entró en el vagón y se dejó caer en uno de los asientos.

—¡Uf! —dijo—. ¡Ya he hecho suficiente ejercicio por hoy!

Toda la clase lo aplaudió y la señorita Guinda sonrió algo agotada.

Capítulo TRES

Cuando llegamos al teatro apreté con
fuerza la pata de Pinky. Había mucha gente
en el vestíbulo. Me hizo sentir calor e
incomodidad. Estaba abarrotado de
personas que se empujaban sin cuidado
y había mucho ruido. Tuvimos que hacer
cola y esperar durante un rato largo.

—¡Oh, cielos! —dijo mamá, que no
está acostumbrada a lugares cerrados llenos
de gente. Sacudió la varita para que soplara
una brisa fresca alrededor.

Papá estaba entretenido
contemplando los carteles de bailarines
que había colgados en las paredes.

—¡Qué sofisticados parecen los
hombres! —dijo, impresionado—.

Van casi tan elegantes y arreglados como los vampiros. ¡Ese de ahí incluso lleva una capa!

—Permaneced todos juntos —dijo la señorita Guinda, sacando su lista otra vez.

—Quiero comprar caramelos —comentó Bruno señalando un puesto.

—¡Yo también! —dijo Oliver—. ¡Mi madre me ha dado dinero para comprarme algo!

En cuanto la señorita Guinda terminó de revisar su lista, todos nos lanzamos hacia el puesto de caramelos. Mamá me dio unas monedas para un paquete de estrellas de chocolate, que son mis dulces humanos favoritos. Zoe se compró un sorbete de limón.

—Creo que yo comeré unas tiras de regaliz rojo —anunció papá—. Son lo mejor después del zumo rojo.

Una vez que todos tuvimos nuestros dulces, subimos las escaleras detrás de la señorita Guinda y atravesamos una puertecita oscura.

—¡Bienvenidos al teatro! —exclamó.

Sentí que se me abría la boca de asombro. Estábamos en un gigantesco y reluciente auditorio. Había filas de butacas de terciopelo que llegaban hasta el fondo y también subían hacia arriba, hasta el techo. Delante de la enorme sala había un escenario cubierto con un telón. Todo parecía muy elegante.

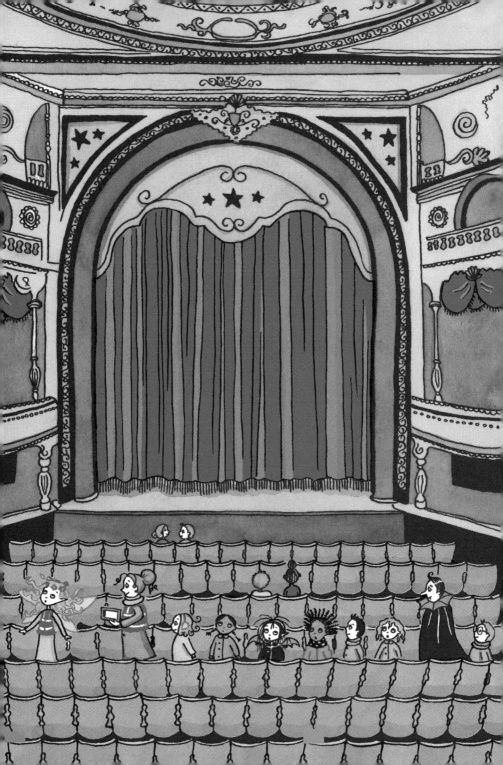

La señorita Guinda nos llevó hasta
una fila de butacas en medio del teatro
y nos sentamos todos.

—¡Qué ganas tengo de ver a los
bailarines! —exclamó Zoe.

—Y yo también —dije, metiéndome en la boca una estrella de chocolate—. Sobre todo a Tatiana Tutú. Y también Pinky —alargué la mano para subirlo a mis rodillas y que así pudiera ver el escenario, pero no encontré sus patitas blandas y rosadas…

Bajé la vista.

No había nada.

El cuerpo entero se me congeló y me recorrió un escalofrío por la piel.

—Esto… —dije, dejando la bolsa de estrellas de chocolate, sintiéndome mareada de pronto—. ¿Dónde está Pinky?

Zoe frunció el ceño.

—¿No está aquí? —me preguntó—. Lo tenías justo antes de que compráramos los caramelos.

—¡Lo llevaba agarrado de la pata! —dije asustadísima—. ¡Debo de haberlo soltado mientras elegía las estrellas de chocolate! ¡Se habrá perdido entre la multitud! —me levanté—. ¡Tengo que ir a buscarlo! El pobre estará muerto de miedo.

Rápidamente recorrí la fila de butacas en dirección a mamá y a la puerta que llevaba de vuelta al vestíbulo.

—¿Adónde vas? —preguntó la
señorita Guinda cuando pasé junto
a ella—. Isadora, siéntate, por favor.
La función está a punto de empezar.

—Tengo que hablar con mi mamá
—dije, pasándola a todo correr—. ¡Es una
emergencia!

—¿Qué pasa? —me preguntó mamá cuando llegué hasta ella.

—¡Pinky! —dije con voz de pánico—. ¡Se ha ido!

—¿Se ha ido? —repitió mamá preocupada—. ¿Qué quieres decir? —se levantó y me agarró de la mano. Salimos juntas del auditorio.

El vestíbulo parecía muy luminoso en comparación con la poca luz que había en la

sala de teatro, y estaba bastante vacío ahora que casi todo el mundo había entrado a buscar sus asientos. Mamá y yo echamos una ojeada por la habitación buscando a Pinky, pero no lo vimos por ninguna parte. No estaba junto al puesto de caramelos, ni delante de los baños, ni del mostrador de entrada...

¿Dónde podía estar?

Recorrimos el vestíbulo de arriba a abajo una y otra vez, pero no lo encontramos por ninguna parte.

—¡Pinky! —lo llamé desesperada—. Pinky, ¿dónde estás?

—¿A lo mejor se ha ido fuera? —sugirió mamá—. Vamos a echar un vistazo.

Salimos por las puertas del teatro,
pero mis ojos estaban ya inundados por las
lágrimas y no podía ver por dónde andaba.
Todo lo veía borroso.

—Siéntate un momento —dijo mamá,
dándome un abrazo—. No te preocupes,
Isadora. Lo encontraremos. No puede
haber ido muy lejos.

Nos sentamos juntas en los escalones
de la puerta y respiramos el aire frío del
invierno. Mamá me enjugó los ojos con

un pañuelo de hada que me llenó la cara de polvo brillante.

—Vaya —dijo—. Me he equivocado de pañuelo.

Mientras estábamos allí sentadas, me fijé en una puertecita que había a unos metros de la puerta principal del teatro. Encima de ella un cartel decía:

ENTRADA DE ARTISTAS

Sentí que volvía a recuperar la esperanza.

—¡Mamá, mira! —dije señalando la puerta—. ¿Crees que es Pinky se ha podido meter ahí?

Mamá no parecía muy convencida.

—Sería muy raro —comentó—. Ahí es donde los actores y bailarines van a prepararse para el espectáculo. No sé cómo podría haber entrado Pinky en ese lugar.

—A lo mejor entró sin querer con uno de los bailarines —dije esperanzada—. Deberíamos comprobarlo para estar seguras.

—Vale —asintió mamá.

Fuimos volando hasta la puerta y la empujamos para entrar. No estaba cerrada con llave, pero nada más pasar había un señor en un mostrador.

—¡Oigan! —dijo—. No pueden entrar aquí. Esta entrada es solo para artistas.

—Vaya… —respondió mamá, un poco nerviosa—. Verá, es que… Bueno, es un conejo rosa, ¿sabe? Es bastante especial… y es todavía muy pequeño…

Mientras mamá le soltaba una larga historia sobre Pinky, me deslicé silenciosamente por detrás del mostrador hasta la habitación de al lado.

A diferencia de la zona del teatro donde va el público, esta no era nada grande. Delante de mí había un largo pasillo gris con un montón de puertas a cada lado. Algunas de las puertas tenían nombres escritos, pero no me paré

a mirarlos bien. Las pasé todas de puntillas, sigilosamente, como también pasé percheros con tutús y una caja de zapatillas de ballet usadas, hasta llegar al final del pasillo, donde torcí una esquina y…

¡Allí estaba Pinky!

Se encontraba de pie, solo, en medio del pasillo, con cara de estar perdido.

—¡Oh, Pinky! —dije levantándolo para darle un enorme abrazo—. ¡Pensaba que te había perdido para siempre! ¿Qué ha pasado? ¿Te confundiste y seguiste a la persona equivocada?

Pinky asintió y me acarició con el hocico en el cuello.

—¡Menos mal que te he encontrado! —dije, poniéndolo en el suelo—. Mejor que volvamos ya a nuestros asientos. ¡No queremos perdernos el espectáculo!

Empezamos a volver por el pasillo, agarrados de la mano, cuando de repente un sollozo nos hizo parar. Había salido de la puerta más cercana, la que tenía una gran estrella de plata, y parecía muy triste.

—¡Oh, vaya! —le dije a Pinky en voz baja—. ¿Qué hacemos?

Pinky señaló hacia la salida con su blanda y rosada pata, pero yo negué con la cabeza.

—No podemos irnos así —susurré—.
No si alguien está disgustado. No es bueno
portarse de esa manera. Tendríamos que
ver si podemos ayudar.

Pinky dio un salto hacia atrás, asustado.

—Venga —le dije—, vamos a ser valientes.

Levanté la mano y llamé a la puerta. Los sollozos que salían del interior pararon inmediatamente. Después de un minuto, más o menos, la puerta se abrió y se asomó una señora muy bonita. Solo podía ver sus ojos, pero los tenía cubiertos de purpurina plateada y llevaba un par de pestañas postizas.

—¿Sí? —gimió.

—Hola —dije en voz baja, sintiéndome de pronto muy tímida—. Queríamos saber… si tú… si estabas bien.

La señora nos dedicó una lacrimosa sonrisa y parpadeó con sus enormes

pestañas. Después abrió la puerta un poco
más para que pudiéramos verla mejor.
Llevaba un par de orejas de conejo blanco
en la cabeza y un maillot con chaleco de
terciopelo negro. Estaba haciendo
equilibrios sobre una pierna.

—¡El Conejo Blanco! —exclamé casi sin voz—. ¡Tatiana Tutú! ¡Eres tú!

—Sí, soy yo —dijo ella—. Tatiana Tutú. Pero ¿quién eres tú?

—Soy Isadora Moon —respondí—. Y este es Pinky.

Pinky se llevó las patas a la espalda e infló el pecho dándose importancia. Tatiana Tutú lo miró un momento con interés y después abrió la puerta más todavía.

—Entrad un momento, ¿os parece? —dijo.

Pinky y yo pasamos a la habitación y Tatiana Tutú cerró la puerta. Miré a mi alrededor y, del asombro, me quedé sin

aliento. La habitación era deslumbrante.
Había un gran espejo en la pared
rodeado de luminosas bombillas y
colgaban del techo hileras de brillantes
tutús. Sobre el tocador de Tatiana
estaba la famosa tiara con estrellas de
diamantes.

—¡Guau! —exclamé al mirarla—.
Es preciosa.

—Puedes probártela si quieres —dijo
Tatiana Tutú, levantándola y poniéndola
en mi cabeza. Me miré en el espejo y giré
la cara de un lado a otro, viendo cómo los
diamantes resplandecían y parpadeaban
a la luz. Mi sonrisa se hizo más y más
grande.

—Te queda muy bien —dijo Tatiana Tutú entre risas. Después su cara tomó una expresión más seria y recordé por qué estábamos ahí. Me quité la tiara y la dejé cuidadosamente sobre el tocador.

—¿Por qué estabas llorando? —le pregunté.

Tatiana Tutú suspiró, con aspecto triste.

—Me he hecho daño en la pierna —explicó, señalando la que sostenía en el aire—. Tropecé al venir al teatro. Pensaba que no era nada, pero me duele mucho. No sé si voy a poder bailar esta tarde, y ya no hay tiempo para conseguir otro

bailarín que me sustituya. Habrá que
cancelar la función.

—¿Qué? —exclamé.

—Sí —asintió Tatiana Tutú, con una
lágrima cayéndole por la mejilla—. Y es
culpa mía. He decepcionado a todo el mundo.

—¡Oh, no! —le dije—. No pudiste evitar
tropezar. ¡Yo tropiezo todo el rato! ¿No hay
otra forma de conseguir que haya función?

—Me temo que no —dijo Tatiana Tutú—. No se puede representar *Alicia en el País de las Maravillas* sin el Conejo Blanco, ¿verdad?

—Supongo que no —dije con tristeza.

—Los otros bailarines están también decepcionados —continuó Tatiana—, por eso los vestuarios están ahora tan silenciosos. Normalmente todo el mundo está corriendo de un lado a otro, ajetreado, con ganas de que empiece el espectáculo. Pero hoy, ¡es como un pasillo fantasma!

Asentí con la cabeza y Tatiana Tutú miró el reloj que había en la pared de su camerino.

—La función debería haber empezado ya —dijo—. El director de escena tendrá que salir muy pronto y anunciar que se cancela —se enjugó una lágrima de sus brillantes ojos y sollozó.

—Vaya… —dije—. Ojalá se me ocurriera algo para arreglarlo.

Pinky empezó a dar saltos a mi lado, sacudiendo las patas en el aire.

Tatiana Tutú y yo nos volvimos
a mirarlo. Hizo un *grand jeté* por la
habitación y una pirueta perfecta.
Se puso sobre las puntas de los pies,
como un perfecto bailarín, y después hizo
una profunda reverencia.

—Oh —dije—. ¡Espera un momento!
Creo que tengo una idea…

Capítulo CUATRO

Zoe me miró preocupada cuando regresé
a mi asiento en el teatro.

—¡No lo has encontrado! —dijo—.
¿Dónde está Pinky?

—Está bien —le respondí,
sentándome de nuevo en mi butaca—. Lo
encontré pero… ahora está muy ocupado.

—¿Ocupado? —dijo Zoe—. ¿A qué te refieres?

—¡Es una sorpresa! —respondí—. ¡Lo descubrirás dentro de muy poco!

Zoe parecía confusa, pero no me hizo más preguntas.

—Vale —dijo extrañada.

Charlamos en voz baja durante un rato más, pero después se apagaron las luces del teatro y un gran silencio cayó sobre el público. La orquesta se puso a tocar y el enorme telón de terciopelo comenzó a levantarse. Zoe y yo soltamos un suspiro, maravilladas. El escenario no parecía un escenario sino un precioso jardín. En medio había un cerezo cubierto por la espuma rosa de

sus flores. La bailarina que hacía el papel
de Alicia estaba sentada en una de las
ramas. Llevaba un tutú blanco y una
diadema negra sobre su pelo rubio.
Todo brillaba y relucía, y del cerezo
caía una lluvia de pétalos de flores.
De pronto, se aceleró la música y el
Conejo Blanco apareció dando un salto
por la izquierda del escenario.

Solo que no era un CONEJO
BLANCO...

¡Era un conejito rosa! ¡Mi Pinky!

Ahí arriba parecía muy pequeño, y de repente me puse muy nerviosa por él. Pero también me sentía tremendamente orgullosa.

Pinky cruzó el escenario de puntillas con su chaleco de rayas. Llevaba un reloj de bolsillo en la mano y lo miraba entre salto y salto.

—¡Llego tarde! ¡Llego tarde! ¡Llego tarde! —parecía decir la música.

Dando saltos y brincos, Pinky pasó por delante del cerezo y la bailarina que hacía de Alicia bajó y lo siguió. Estuvieron bailando juntos por el falso jardín, dando vueltas y elevándose entre los pétalos del cerezo.

—Isadora —susurró Zoe—, ¿ese no es… no es…?

—¡Pinky! —le respondí en voz baja—. ¡Sí! ¡Es él!

—¡Guau! —exclamó Zoe—. ¡Es increíble!

Contemplamos cómo Pinky hacía una pirueta y desaparecía por un agujero de mentira que había en el jardín. Alicia fue detrás de él y todo empezó a cambiar en el escenario. El árbol desapareció, las paredes y el suelo se volvieron cuadrados blancos y negros, y de pronto Pinky y Alicia caían del techo colgados

de unas cuerdas. Pinky no parecía nada asustado. ¡Está acostumbrado a volar conmigo! Cuando llegó al suelo, se puso a bailar con elegancia hasta salir del escenario, mirando todavía de vez en cuando su reloj.

El espectáculo continuó y contemplamos cómo cambiaba el escenario una y otra vez. Vimos un bosque mágico con una oruga gigantesca y un jardín de flores de brillantes colores que bailaron con Alicia por toda la escena. Vimos una fiesta donde tomaban té, vimos a un sombrerero

loco y a un gato con rayas de purpurina
rosa y una enorme sonrisa. Y, por supuesto,
¡vimos a Pinky! A menudo aparecía en el
escenario bailando, dando vueltas, haciendo
giros, saltando y brincando.

—¡Ha sido mágico! —exclamó Zoe
cuando bajó el telón para avisar de que
había llegado el momento del intermedio.

—¡Y tanto! —asentí.

El público se puso a hablar y la gente
que había a nuestro alrededor empezó
a levantarse para ir al cuarto de baño y a
comer algo.

—¿Te fijaste en el conejito rosa? —oí
que decía un hombre detrás de mí—. Era
espectacular, ¿verdad?

—Sí —comentó otro hombre—. No me explico cómo lo han podido hacer tan pequeño. ¡Parece cosa de magia!

—Era un bailarín excelente —dijo alguien más—. ¡La estrella del espectáculo!

—Y qué original que fuera rosa —añadió una señora que estaba cerca—. ¡Normalmente el conejo de *Alicia en el País de las Maravillas* es blanco!

Sentí que la boca se me abría en una gran sonrisa. Pinky había estado espectacular y yo estaba orgullosísima.

Entonces mamá, papá y todos mis amigos empezaron a reunirse a mi alrededor.

—Isadora —dijo papá—, ¿era
de verdad Pinky el que estaba en el
escenario?

—¿Qué hacía ahí? —preguntó Bruno.

—Sí, Isadora. ¿Cómo ha podido
pasar? —dijo Sashi.

Intenté explicárselo lo mejor que
pude antes de que acabara el descanso.
Me entretuve tanto que no me pude comer
la pequeña tarrina de helado de fresa
que la señorita Guinda nos dio a todos.

—¡Guau! —exclamaron mis amigos.

—¡Bien hecho, Pinky!
—dijo papá.

—Siempre he sabido
que tenía talento
—añadió mamá.

Los miré a todos
y sonreí de oreja a
oreja.

La segunda parte de la función fue
un poco más corta. Vimos cómo el
escenario se transformaba en más lugares
maravillosos. Alicia, Pinky y los demás
personajes bailaban brillando y haciendo
piruetas, vestidos con intensos colores.

Al final del espectáculo todos los bailarines salieron a escena. Se inclinaron juntos hacia el público y la audiencia aplaudió y los vitoreó. Después Alicia hizo una reverencia y la audiencia aplaudió y vitoreó todavía más. Entonces me fijé en que uno de los bailarines empujaba suavemente a Pinky hacia la parte delantera del escenario. Pinky hizo su propia reverencia y de pronto todo el público se levantó, aclamándolo, dando golpes con los pies en el suelo y gritando. Mamá sacudió la varita y un ramo de rosas explotó en el aire y cayó alrededor de Pinky.

—¡Fantástico! —gritó el público—. ¡Era un conejo mágico!

Pinky infló el pecho y me di cuenta
de que estaba encantadísimo. ¡Se había
puesto más rosa que nunca!

En cuanto cayó el grueso telón de terciopelo volvieron a encender las luces del teatro y todo el mundo se levantó para volver a casa.

—Tenemos que esperar a Pinky —le dije a la señorita Guinda.

—Claro —asintió ella.

Tuvimos que esperar bastante antes de que Pinky saliera de entre bastidores con Tatiana Tutú, que iba cojeando.

—Siento que hayamos tardado tanto —dijo Tatiana—. ¡Todo el mundo quería el autógrafo de Pinky! —bajó la mirada para sonreírle—. ¡Ha estado fantástico! —continuó—. ¡La estrella del espectáculo! Le estamos muy

agradecidos. ¡Y también a ti, Isadora,
por prestárnoslo!

Me entregó una caja. Estaba envuelta
en papel brillante y atada con un lazo.

—Es un regalo para ti, para darte las
gracias —explicó—. ¡Tú y Pinky nos
habéis salvado de verdad!

—Gracias —dije, poniéndome roja.

—No hay de qué —dijo Tatiana
Tutú. Después levantó la mano y nos dijo
adiós a todos.

El viaje a casa en tren me resultó muy
lento. Pinky estaba cansado después de haber
pasado tanto tiempo bailando y se durmió
acurrucado en mi regazo durante todo el
trayecto. Yo quería abrir mi regalo, pero
mamá no me dejó. Lo guardó en su bolso.

—Resérvalo para cuando llegues a casa
—dijo—. Puede hacer sentir mal a los demás.

Zoe y yo charlamos sobre la función
y contemplamos el anochecer desde la
ventanilla. Habían empezado a caer
pequeños copos de nieve. Parecían
diminutas bailarinas dando vueltas.

—Espero poder ser bailarina algún día —comenté, soñando en voz alta.

—Yo también —dijo Zoe.

Bajé la vista hacia Pinky, que estaba plácidamente dormido sobre mi rodilla, y le acaricié las orejas.

—Ha sido maravilloso verlo en el escenario hoy —dije—. No cambiaría ni un solo detalle de lo que ha pasado. Pero… pero… al mismo tiempo, estoy un poco decepcionada por no haber visto bailar a Tatiana Tutú. Me habría encantado verla.

—Estoy segura de que algún día la
verás —dijo Zoe para que me sintiera mejor.

Ya estaba todo oscuro cuando llegamos
a la estación. Volvimos juntos caminando al
colegio y después los padres de mis amigos
empezaron a llegar a recogerlos.

—¡Ese era el último! —dijo papá
marcando un nombre en su lista.

—¡Excelente! —le dijo la señorita Guinda—. Muchas gracias a los dos por haber venido de voluntarios.

—Un placer —respondió papá alegremente—. Ha sido toda una experiencia. Nunca había estado en una excursión escolar de humanos.

—Y tampoco —dijo mamá, quitándose el chaleco reflectante y devolviéndoselo a la señorita Guinda—. Ha sido maravilloso ver el baile. ¡Eran casi como hadas!

Papá parecía reacio a quitarse el chaleco.

—No sabía que tenía que devolverlo —comentó desilusionado.

—Eso me temo —dijo la señorita Guinda—. Es propiedad del colegio.

—¡Creía que no te gustaba nada! —dijo mamá sorprendida.

—Bueno, cada vez me gusta más —admitió papá—. Tiene un estilo muy llamativo, ¿no te parece? Creo que pediré uno por mi cumpleaños.

Mamá, papá y yo volvimos volando a casa a través de la nieve, recogiendo a Flor de Miel por el camino.

—¿Puedo abrir ya el regalo? —pregunté con impaciencia en cuanto atravesamos la puerta principal.

—Claro que sí —dijo mamá, entregándomelo.

Dejé que Pinky rompiera el envoltorio y después echamos un vistazo al interior de la caja.

—¡GUAU! —grité.

La famosa tiara con estrellas de diamantes me lanzó sus destellos desde un nido de papel rosa. La levanté cuidadosamente y me la puse en la cabeza.

—¡Mirad! —les dije a mamá y papá—. ¡Mirad!

—¡Oh, cielos! —exclamó mamá—. Es preciosísima.

—Qué amables, Tatiana Tutú —dijo papá—. Te queda muy bien, Isadora.

Pinky continuó rebuscando ruidosamente en la caja. Salió meneando las orejas de la emoción, con unas entradas en las patas.

—¡Entradas familiares para el próximo ballet de Tatiana Tutú! —dijo mamá—. ¡La vas a ver bailar, después de todo!

—¿En serio? —pregunté, con una gran sonrisa en la cara.

—En serio —respondió papá.

Tenía casi ganas de llorar al pensar en lo buena que había sido conmigo Tatiana Tutú.

—¡Si hice muy poco por ella…! —dije—. Solo llamar a su puerta para ver cómo estaba y después dejarle a Pinky para la función.

—Pues a mí me parece que te portaste muy bien —dijo mamá—. No todo el mundo habría hecho lo mismo. A ti te puede parecer una cosa pequeña, pero para Tatiana Tutú, ¡lo que hiciste fue algo muy grande! Salvaste la función.

—Es importante tratar a los demás
con bondad —dijo papá—, sea grande
o pequeño lo que hagamos.

Asentí y Pinky asintió también.

—Intentaremos hacerlo así siempre
—dije.

—Muy bien —continuó papá—.
Entonces, ¿tendrías ahora la bondad de
traerme un zumo rojo del frigorífico?
¡Es casi la hora de desayunar y estoy
muerto de hambre!

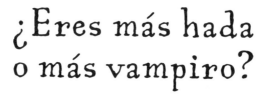

¿Eres más hada o más vampiro?

¡Haz el test para descubrirlo!

¿Cuál es tu color favorito?

A. Rosa   **B.** Negro   **C.** ¡Me gustan los dos!

¿Adónde preferirías ir?

A. A un colegio lleno de purpurina que enseñe magia, ballet y cómo hacer coronas de flores.

B. A un colegio escalofriante que enseñe a planear por el cielo, a adiestrar murciélagos y cómo tener el pelo lo más brillante posible.

C. A un colegio donde todo el mundo pueda ser totalmente diferente e interesante.

Si vas de acampada en vacaciones...

A. ¿Montarías tu tienda con un gesto de tu varita mágica y te marcharías a explorar?

B. ¿Abrirías tu cama plegable con dosel y evitarías la luz del sol?

C. ¿Irías a chapotear al mar y te lo pasarías genial?

Resultados

Mayoría de respuestas A:

¡Eres una brillante hada bailarina y te encanta la naturaleza!

Mayoría de respuestas B:

¡Eres un elegante vampiro con capa y te encanta la noche!

Mayoría de respuestas C:

Eres mitad hada, mitad vampiro y totalmente única, ¡igual que Isadora Moon!

Harriet Muncaster

Harriet Muncaster: ¡esa soy yo!
Soy la escritora e ilustradora de
Isadora Moon. ¡Sí, en serio!
Me encanta todo lo pequeñito,
todo lo que tenga estrellas
y cualquier cosa que brille.

ISADORA MOON
va al ballet

Mitad vampiro, mitad hada, ¡totalmente única!
Harriet Muncaster

ISADORA MOON
en el castillo encantado

Mitad vampiro, mitad hada, ¡totalmente única!
Harriet Muncaster

ISADORA MOON
va al parque de atracciones

Mitad vampiro, mitad hada, ¡totalmente única!
Harriet Muncaster

ISADORA MOON
y las manualidades
mágicas

Mitad vampiro, mitad hada, ¡totalmente única!
Harriet Muncaster

ISADORA MOON
y los disfraces mágicos

Mitad vampiro, mitad hada, ¡totalmente única!
Harriet Muncaster

ISADORA MOON
y el hechizo mágico

Mitad vampiro, mitad hada, ¡totalmente única!
Harriet Muncaster

¡Descubre
un montón
de historias
mágicas que te
encantarán!